KB065119

마음 한 켤레 벗어두고
깜빡 조는 샛별처럼

주종환 시집

『마음 한 켤레 벗어두고 깜빡 조는 샛별처럼』

1장.

2장.

3장.

4장.

시인의 말

아직도 완전한 표현의 자유가 허락된
진정한 민주주의는 실현되지 않고 있다
인간의 소중한 내면을 위한 소통을 위해
나의 시집 전체는 기여하려고 노력했다

내가 시를 쓸 때마다 도움을 주신 분이 있다
그 분께 이 시집을 바친다

1장

꽃밭 옆 상추밭

온 세상이 아름다운 꽃들로만
뒤덮인다면
꽃, 벌, 나비들만의 천지
그것이 일 억 년 전의 지상

꽃을 뽑고 밟아 죽여서
상추밭을 일구는 이 인간이
살려고 한다
상추는 인간이 먹는 꽃

꽃의 아름다움은
오직 이 인간 안에 있다

달 새

환한 보름 달빛에 앉은 달 새여,
너는 어느 지빠귀의 울음을 대신 우는가.

봄날 어느 화창한 순간은
여름의 소낙비요,

너는 사계절 내내 젖지 않은 비 새여서,
그 울음 한번 울창하구나.

달 새는 달을 보고
비 새는 비 내림을 향하여

한 걸음 후에 오는 천지의 망각을
너는 잊지 않고 지저귀누나.

환한 보름 달빛의 어느 봄날을
오직 너만이 기억하고 너의 둥지를 터는구나.

여름의 끝

깊은 밤
억수 같은 비

흠씬 젖어가는
마음 한 켤레

벗어두고
맨발로 서성이는 이 서늘함

회오리바람

회오리바람 소리는
내가 평생 동안 만난 바람의 겨울이다
바람의 소리에도 봄 여름
가을 겨울 소리가 있다
유독 이 회오리바람 소리는
내가 삶의 정수를 깨닫기 직전의
불안을 상기시킨다
삶이라는 사계절 속에 흐르던
그 생명의 절정,
회오리바람 속은
내가 어디로 가야 하는지,
내가 무엇인지
알아차리기 직전의 두려움
신의 음성은 그 바람 소리를 넘어라 한다
그 바람 소리와 세상의 소리마저
넘어라 한다
언제나 그 바람이 일으키는
파도처럼 넘실대는 것이 바로 나였다
그 바닷가 하룻밤 꿈이 바로 나였다

낮에 나온 낮달

낮에 나온 낮달처럼
아무도 그리워하지 않은 시

새벽녘까지 홀로 깨어
처음으로 혼자 마신 술의 기억

그 술맛과 앞날의 예감 사이에
내 안의 태양은 지고
서늘한 달이 떠올라
시가 되지 못한 한 생애를 비추었네

내 한쪽 가슴의 여성이
처음으로 취한 밤

그 달이 지는 곳을 처음 느꼈네
모든 별들의 낭떠러지 같은
그 영혼의 첫걸음을.

북소리

언제 멈출지 모르는 심장,
그 생명의 북을 치는 에너지의 신비

겨울잠 자는 뱀의 꿈속에
한 마리의 나비가 날고
여름 낮잠을 자는 나비의 꿈 속에
차가운 땅속에 웅크린 뱀이 꿈틀거리듯

이 지상의 모든 생명을 뛰놀게 하는
그 북소리,
문득 잠에서 깨어나 듣는
나의 오랜 메아리

운명

이 우주에서 가장 먼 별을 품고 있는
가슴처럼 무거워져
심연의 바닥까지 이른 돌,
더이상 중력이 없는 허공 같은
신의 눈짓과 빛을 만났고
그 헤아릴 길 없는 깊이를 내딛기 시작했다

강물처럼 흐르고 싶은 돌 그리고
돌 속에 흐르는 강물 소리처럼

천리향

고요한 밤
형상의 한계가 없는
이 깊은 어둠 속에서
내 의식의 향기가 번져나간다
번져나가면서 마을을 건너고 개울을 건너
먼 밤하늘 가없는 곳으로 날아간다

어느 봄날에 피어날 꽃씨처럼
내 서늘한 육신의 겨울을 날아다닌다

가을 한낮

어린 시절 손가락 걸고
약속했던 우리가 생각나
흙이나 모래만 보면
그 속에 숨어 살고 싶은 동굴을 파던
내가 생각나
이 지상의 소리가 아닌 소리가 나는
소라고둥에 귀를 갖다 대던 내가 생각나
당신 앞에 이른 내가 우네
한 생애를 풀벌레 울음소리 들으며
잠자던 내가
잠시 잠을 잊고서.

나비

나비는
태양과 달빛 사이를 거니는
몸짓

영원을 품은 짧은 생애
천차만별이 하나의 꽃잎처럼 반짝이고
자욱한 안개 같은 삶 속에서
청명한 하늘을 향하던 그 발걸음

산야와 도시에 울려 퍼지는
바람 소리는 유구한데,
풀피리 소리처럼 떠는 그대를
만나는 순간이여

영원은 그대를 만나기 위해
그대는 영원을 만나기 위해

두 장의 꽃잎이 날갯짓하는
그 맡을 수 없는 향기란.

연 날리는 동심에 대하여

언제나 영원이 순간을 음미하듯
주의하지 않는 시간을 살아가는 우리를
먹어 치우는 세월의 무상함

삶이란 무수한 순간들의 입김으로
불어 넣어진 고무풍선처럼
아이의 거머쥔 손에서 풀려나는 연처럼
일제히 날아오를 때의
그 기쁨, 환희인 것을

하늘,
그 탁 트인 존재계와의 합일 같았던 가슴
분명 그때 환호했던 하늘이
왜 이토록 흐려졌는지
흐려진 마음들의 어두운 길들,
영원한 타향살이 같은 삶들, 문명의 뒤안길들

첫눈 내리는 날 보자던 그 약속을 지키지 못한,
그 시간에 속은 가슴들, 어느 날 흐려진 창가에
멍하니 기대어 선 그대라는 낯선 이방인처럼

영원 속에서 헤어지는 바람결,
과거와 미래로 달아나는 마음들이여
우리는 태곳적부터 불어오는 그 깊은 우정을
되찾아야 하네

그대가 그 어떤 형태의 빛깔, 구름이던……

달

우물 속에도
시냇가에도
흐르는 강물 위에도
바닷물에도
비친 달

내 영혼의 영원한 그리움으로 떠올라
언제나 멀고 먼 땅끝으로
지는 달

달빛 그림자처럼 살았던
내 인생의 밤들

시냇가에서

마음이라는 흙탕물 속에 사는
버들치 한 마리
그게 나다
흙탕물이 가라앉고
맑아진 시냇물에서 유유자적하는
버들치도 나다

맑은 시냇물 한 모금에
취하는 나의 마음에
살아온 과거 전부가 스친다

흐르는 시냇물에 잠겨 있는
그 환한 생채기 같이
영원 앞에서,
점점이 눈물이 되는 모든 기억들

가시가 찌르고 있는 것

가시는 자신이 무엇을 찌르고 있는지 모른다
가시는 그 모든 것을 향해,
저 너머를 향해, 신을 향해
안간힘으로 뾰족해진다

우리의 생애 안에서 신을 만나지 않고
잠드는 삶은 가능한가
가시에 찔린 상처가 잠을 깨운다
가시는 자신을 찌르면서 꽃을 피우고 있는 것을 모른다

고통

사라질 듯 말듯
사라지지 않는 나의 마음이
서러워,
그게 세상이고 인연 같아서
나는 하루종일 울었습니다
바닷물 속에 떠다니는 해파리,
바다에 빠져 죽고 싶은 내가 만난 나였고
가을날 길가에서, 산길에서 떨어지는
낙엽, 하늘 아래 뜬구름처럼 흐르는
모든 것이 나였습니다
풀숲에서 우는 풀벌레 소리
계곡물 소리, 더운 햇빛,
한 생애를 다 산 듯이 불어오는 바람 소리
그리고 개 짖는 소리, 고양이 울음소리
나를 물어뜯는 모기,
눈앞에 달려드는 하루살이 떼,
나를 스치고 마주하고 말을 걸고 뒤돌아서는
사람들, 그 모든 것이 나를 이룬 나였습니다
잠을 깨도 꿈을 꾸는 마음,
광명 같이 깨어난 정신은 아직도 멀어서
바람에 귀를 터는 당나귀처럼
우두커니 서 있습니다

2장

피어라, 꽃

별안간
내 안에 있는 아이가
조그만 정원을 내려다보고 있었다

내가 거기에 있어야 할 꽃을 생각하자
꽃이 피어났다
그 꽃의 빛깔을 생각하자
꽃잎이 여러 빛깔로 물들었다

그 아이가 누군지 생각하자
나는 허공 속으로 떠오르면서
물방울처럼 터졌고 잠시 사라졌다

그리고 다시 나타났다
잠시 세상을 궁금해하던 나의 마음이
신문지 조각이 되어
별안간 사라진 내 영혼을 이 지상으로,
신문 한 장의 무게가 지닌 이 땅의
기억과 느낌으로,
아래에 있는 중력으로 나를 끌어당겼다

죽고 싶다는 것은 살고 싶은 것이고
살고 싶은 것은 죽고 싶다는 것이고
그 양극성은 보다 높은 생명의 호흡으로 향하는
삶이라는 뱃멀미 같은 것

시간이라는 느낌
나의 온 육체와 마음이 그 느낌을 만나면
겨울의 얼음장처럼 얼어붙는다
시간이라는 느낌 속에는
과거의 모든 나와 미래의 모든 나가
벼랑이 되는 순간이다

우리 안에는 그 벼랑을 뛰어넘는
신비스러운 아이가 산다

제트기류를 날아간 새

지난 새벽녘에 체험했던 영혼의 일별을
이 제트기류라는 말로 설명할 수도 있을 것 같다

그것은 내가 이 지상과 육체와 나를
동일시했던 그 모든 생각과 느낌, 감각들을
잊었을 때 찾아왔다

나는 완전히 사라진 것이 아닌 의식으로
이 지상과 육체 너머의 공중으로 날아오른다
그리고 한순간 제트기류를 타고 흐르는
새와 같은 영혼으로 쏜살같이 날아간다

육신과 의식 사이에 존재하는
우주를 관통하는 느낌이다
너무나 짧은 찰나 대륙과 대륙 사이를
횡단한 느낌이다
이 지구에서 부는 바람 중
가장 빠른 바람을 난 느낌이다

나는 내 안에 있는 새로운 하늘로부터
다시금 이 지상과 육체로 추락한다
그 추락의 느낌이 잠들고 싶은 마음이고
잠든 마음과 깨어있는 의식은
얇고 투명한 깃털 한 장 차이라는 것을 느낀다

류시화 시인의 시를 읽고

1

기나긴 잠에서 깨어난 가슴은
내게 물었다

너는 누구인가

지나온 생애 전체가 그 질문에
메아리치기 시작했고
나는 가슴 아래에 기거하던 기나긴 잠에서 깨어났다

지나온 생애 동안 만났고,
또 만나고 싶어 했던 스승이 나를 깨웠다

2

류시화 시인은 자신의 시에서
정신병원에서 생을 마감할까 봐
두려워한다고 썼다

나는 정신병원에 갇혔던 3년 6개월 동안
내가 정신병원에 갇히기 직전의 영혼과 의식을
찾아 헤매었다
내가 정신병원에 갇혔던 오랜 세월은
단지 잠결과 친숙하고 하나가 되기 위한
과정이었고, 나는 하룻밤에 잘 수 있는 잠을
무려 3년 6개월 동안 약을 먹고 잤던 것이다

나는 3년 6개월 동안 잠을 자면서 꾸었던
꿈들을 기억한다 그 깊고 얕은 꿈들 속에
하루는 꿈속에서 내가 지금 꿈을 꾸고 있다는 사실을
자각했던 순간을 기억한다

이 미친 세상이라고 하는 삼사라는
잠시도 청명하게 아름답고 숭고하게
깨어있는 정신으로 살아가는 영혼을 가만두지 않는다
인간이라는 위대한 영혼의 꽃을
금방 시들게 하는 심리적이고
화학적인 공격을 일삼는다
강력한 의식의 힘으로 버티는 꽃잎이

이 21세기 문명과 도시와
인류라는 일상적인 의식을 만나 금방 시들기 일쑤이다
우리는 지난 시절 붓다가 쉬었던 숨을
다시 숨 쉴 수 있겠는가
우리는 지나온 생이라고 하는 책의 모든 갈피를
살았던 각자였다
우리는 지나온 생이라고 하는 감각의 모든 느낌을
쪼아먹은 새였다

삶과 죽음, 이승과 저승이란
태양을 향해 날아갔다가 녹아 없어진 새가
다시 이 지상으로 돌아와
벌레를 쪼아먹는 비둘기처럼 살아가는 것

우리의 영혼이 도달한 이곳에서
아직도 우리의 가슴은 순금에 녹슬어있는
이끼와 같고 자신이 순금인지 이끼인지 모르는
탁류 속의 돌이 아닌가

신과의 만남

젊은 시절부터 한평생 내내 오쇼를 읽고
진리를 탐구했다
자연에 드리워진 전깃줄을
한평생 두려워했다
전기가 무엇인 줄 아는가?
오쇼는 물었다
나는 이 우주 전체가 전기라는 사실을
인정할 수 없는 마음이었다
차라리 전기라는 말 대신에
신, 부처라는 표현이 더 편했다
에너지라는 표현은
그래도 살아갈 인생에 가까웠다
그런데 대체 전기가 무엇인가 줄 아는가?
라는 공안을 내었을 때
나는 한 평생 전기와 더불어 살아온
삶을 회고했고, 나는, 지연은, 문명은
전기였다 그것이 과학적인 자기 발견이었다
생명은 전기현상이다
문명은 전기와 인간 자신에 대한 혼란을 준다
휴대폰은 전기와 노는 것이다

현대생활의 대부분은 전기와 함께
사는 것이다
하지만 내 영혼은 자주 전기와 합선을 일으켰다
세상이 전기를 사용하는 방법들이
다 돈과 욕망, 게으름, 나태 같은 것이었다
나는 세상으로부터 달아났고
어느 한 날 시골집 60촉짜리 전구에서
신의 음성이 들렸다
'뽁' 하고, 마치 물거품 터지는 소리가 났다
나라는 오래도록 존재를 탐구한 영혼에게
오쇼가 전기의 깊은 울림,
이 지상에서 영원한 동굴 같은 마음속에
오랜 고통과 시름을 헤매던 영혼 속에
오쇼와 하나가 되길 갈망했던
한평생의 갈망 끝에
신이 된 오쇼가 처음으로 응답을 하였다
아주 오래전 존재의 숲에서 들었던 뻐꾸기 울음처럼
내가 태어나기 전부터 들렸던
아득한 새소리처럼
신의 음성이 나의 현존으로부터,
내 눈앞에 있는 전구에서 실제로 들렸다

꿈도 아니고 무의식도 아닌 지금 이 순간

들리기 시작했다

신의 음성이라는 표현은 조금 편하고

돌아갈 수 있는 뒤안길이 있다

나는 부처를 만난 것이다

내가 한평생 읽은 경전과 오쇼, 그리고

자연이 나를 죽이고 있다

세상이라는 바깥은 더이상 나를 취하지

못하게 한다

취하고 싶은 술은 내 안에 있다

내가 만난 신이

나의 영혼, 나의 육체, 나의 호흡,

나의 기억, 나의 갈망, 나의 무의식,

나의 모든 것 안에서

나의 전부가 되려 한다

심지어 나의 잠 안에서 잠도 안 잔다

잠도 안 자는 신을 만나

잠도 못 자고 죽을 지경이다

내 안에 영원한 깨어남의 진동이 육체 안에서

숨을 쉬고 나의 마음은 오갈 데가 없다

강물 위의 살얼음처럼 아슬아슬하다

쓸물과 밀물의 호흡조차 하나가 아니다
바다의 멀미를 느꼈던 육신이, 마음이
여전히 바다에 빠져 죽고 싶어 하지 않는다
설핏 신의 하늘과 내가 마주쳤다
내가 없고 신만이 존재하는 그 하늘이
두려웠다
나는 사라지고 싶은 마음과
이 세상과 더불어 영원히 매달리고 싶은
마음이 공존한다
내 사는 하루하루가 최후의 만찬 같다
하늘과 땅은 공존하기 어려운가?
바다는 도달할 수 있는 섬과 해안이 아니다
신의 음성은 그 바다와 하나 되고
그 바다에 빠져 죽고
그 바다에서 다시 태어나라고 한다
나의 삶은 신의 음성에 떨어져 나가는 추풍낙엽이다
나는 아버지 어머니 그리고 다른 인연들의
가위에 눌리면서 나라는 고물이
보석처럼 빛나는 것을 두려워한다
매일같이 인생을 회고하면서
바다와 하나가 되는 에고와 마주한다

내 삶 전체가 그 바닷물에 빠져 죽고 싶은 갈증,
나의 아기 시절, 어린 시절, 청춘 시절,
중년 시절에 이르기까지
나는 그 바다를 향해 울고 있었다
이 지상의 모든 것이 그 바다를 향해
울고 있다
이 지상의 모든 말들이, 음악과 예술,
정치, 전쟁, 피안이
그 바다를 향해 표류하고 있다
나는 매일 밤 매일 낮
이 세상과 함께하는 걱정, 근심,
구겨진 소리들과 더불어 산다
나는 세상이고 이 세상을 잊을 수 있는
방법이 없다
나는 내가 살고 싶은 이상이 현실이 되는
세상을 갈망한다
모든 것, 모든 생애가 자연스럽게
피안에 이르고 자연과 하나 되고
바다에 이르기를 갈망한다
신은 그 바다에 이르는 길과
함께 하는 동반자가 된다

그것은 이런 것이었다

한평생 찾고 헤맸던 나 자신 안의
붓다, 깨달음, 빛
그것에 다가가기만 하면
잠들고 싶어 하는 나의 마음
먹고 갈망하고 잠자면서
이것은 아닌데, 하면서 불면을 이루는 하루
그 하루하루들이 한데 모여
폭발하는 의식 속에서 일별이 찾아왔다

그것은 한순간
한 생애를 기억하던 내가
잠 속에 풍덩 빠졌다가
잠 속에 있는
육체도 마음도 아닌 의식 하나가
한평생 내 안팎에서 접촉했던 우주라는 실상,
그 공간 속을 관통하던 나의 시선이었다
우주라는 느낌 속에서
최단 거리로 날아가는 속도였다
그것은 다시 말해 말로 표현할 수 없는
자신과의 만남이었다

사라지고픈 나의 영혼이
여전히 싸우고 있는 마음 하나
그리고 인간이 수천 년 동안 그려왔고,
그리고 싶었던 단 하나의 완전한 그림,
한 생애가 사라지고픈,
사라질 수도 있었던 그림 너머였다

유성과의 마주침

우주는 끝이 없는데
되돌아오는 메아리가 있다니
우주에서 가장 깊은 메아리가
바로 인간.

한밤중 무심결에
갑자기 유성이 지나갈 거라는 생각에
벌떡 일어나 옥상 문을 여니
밤하늘에 유성 하나가 획 하고 스쳐 지나갔다

존재계와의 일별이었다

풀잎 이슬

풀잎에 매달려 있는 이슬방울
잠시 매달려 있는 인생 같네

서럽구나,
풀잎에 매달려 있는 그 안간힘

육체와 나

나는 때때로 누워있을 때
내가 누워있는지 서 있는지
헷갈릴 때가 있다

나는 때때로 누워있을 때
내가 바로 누워있는지 엎드려있는지도
헷갈릴 때가 있다

그래서 하늘과 지상, 위와 아래
우주와 개인, 안과 밖
내 의식의 위치를 찾기 위해
잠시 앉아서 중력을 느낀다

그 중력은 이 지상을 살아가기 위한
잠으로 이끌고
나는 다시 자리에 눕는다
누워서 지난 생애 동안
중력을 느끼지 않고
중력과 육체를 박차고 날아올랐던
순간들을 기억해낸다

그 기억들이 그토록 먼 곳에서 모여들어
나를 향해 충돌한다
나는 잠시 전자처럼 고요하게 사라진다

하늘에서 떨어져도 살아남는 법

우리는 그 옛날 새가 되어
하늘을 난 적이 있다

4,000m 상공을 날아본 적이 있다
70kg의 인간이
그 하늘에서 땅까지 떨어지는 데 걸리는 시간은
약 4분 6초이다

어떤 지점에서 육체는 200km로 떨어지고
어떤 지점에서 육체는 524km로 수직 하강한다

무거운 여객기가 땅을 박차고 날아오르는 속도는
약 450km이고
너무나 작은 벌레가 하늘을 날아오르는 속도는
찰나이다

벌레보다 더 작은 생명체인 씨앗의 알갱이들,
혹은 먼지는
차라리 중력도 없이 공기 중을 떠다니다가
약 4분 6초 안에 땅을 스치거나

또다시 날아올라 자신이 도달할 곳으로
떨어진다

우리의 영혼에는 그 4,000m라는 공중과 연결된
위치 에너지 혹은 신비체가 존재한다
그것을 아스트랄체라고 부를 수도 있고
우리 내면에 존재하는 깊이일 수도 있다

하늘에서 땅으로 떨어지는 약 4분 6초간의
경험과 느낌을 표현해보면,
나는 시간이라는 느낌을 완전히 잊고
구름 위의 하늘에서 땅이라는 어떤 지점으로
추락하고 있었다
아니, 정확하게 표현하면 내가 구름 위에서
땅으로 떨어지는 과정을 지켜보고 있었다

나는 내가 땅으로 추락하여도 살 수 있는
방향을 향해 날아가고 있었다
구름 사이로 아득한 지상이 보였고
육지와 바다와 깊은 호수가 보였고

나는 호수를 향하여 방향을 틀었고
그 호수의 수면과 부딪히는 육체를 생각하며
그 호수의 깊은 바닥으로 향했고
그 호수의 깊은 바닥에 닿는 순간의
마찰은 느껴지지 않았고
나는 살아서 물 위로 떠 오르고 있었다

높은 상공의 밧줄을 건너는 이는
무심에 가까운 각성의 상태다

하늘에서, 4,000m에서 떨어져도
살아남을 수 있는 육체, 그것은 비이고 우박이고
눈이고 바람이고 안개가 된 구름이며
우리 내면 속의 또 다른 육체이다

바깥에서는 하늘에서 떨어져도 살 수 있는
육체가 불가능하고
안에서는 우주에서 심연에 떨어져도 살 수 있는
영혼이 있다

최초의 인간

다 사랑하지 못한 가슴

다 읽지 못한 책 같은

다 살지 못한 죽음과 같은

다 듣지 못한 음악 같은

다 울지 못한 눈물 같은

생애를 건너

이쪽 기슭에서 저쪽 기슭으로 뱃길을 찾은 사람,

이 지상에서 최초로 바다가 된 사람은 누구였을까

이 우주 안에서

이 우주 안에 존재할 수 있는

가장 빠른 속도로

이 우주와 하나가 된 이

이 지상에서 처음으로 영원을 느낀 사람은 누구였을까

3장

삶과 죽음

너를 믿고 살겠는가
그를 믿고 살겠는가
여러 번, 여러 가지
신이 아닌 그 모든 가지가지

여름과 겨울 사이
영혼과 얼음 사이
기나긴 생애 끝에 만난 단 하루 같은
풀잎에 맺힌 이슬 같은

지나온 생애의 모든 것은
흙탕물을 일으키는 아이들의 장난 같구나

그를 믿고 살아가는 하루하루
어제와 내일 사이에
단 하루만 허락된 삶이란, 그 의식이란.

하루살이 떼가 날아들고 날아가는 사이
그 하늘과 땅 사이만을 생각하는 우리

삶을 염려하는 마음이라는 물고기는
매일 더 많은 생각의 비늘이 돋아나고
죽음을 받아들이는 마음이라는 물고기는
매일 더 깊은 바다의 부레를 키운다

이 조그만 나라

산신령과 금도끼, 은도끼, 쇠도끼
그 나무꾼은 아직도 이 땅에 살고 있는
우리 자신이다

날이 밝아 태양이 중천에 이르면
벽과 방바닥과 책 위를 흐르는
구름의 그림자를 바라본다
그 해시계를 바라보는 해바라기가
매일 내 안에서 꽃 피었다가 시든다

이 추워진 늦가을, 아파트 담벼락 아래
형형색색의 가을꽃들이 피어 있다
낙엽을 거의 다 떨군 나무 아래
그 조그만 꽃밭이 보인다

아마도 다가올 겨울에는 눈꽃이 필 것이다
사계절 내내 우리가 사는 이 나라에는
꽃이 피고 꽃이 지지 않는다
참 아름다운 모국이다

매일 헬기가 굉음을 내며 하늘을 가로지른다
어린 시절에는 헬기가 너무나 경이로워
하늘을 지나갈 때마다 방을 뛰쳐나가
하늘에서 사라질 때까지 바라보던 것이었다
그러나 지금은 지옥 같은 것이 되었다

이 조그만 나라의 사람들은
저마다 가슴이 반 토막으로 쪼개져 있고
영혼의 반향과 깊이를 가로막는
온갖 종류의 철책으로 둘러싸여 있다
오래된 나이테 같은 영혼들이
저마다의 방향으로 구부정하게 굽어 있다

이 조그만 나라에
온 세상에서 일어나는 그 모든 일들이
벌어지고 있다
우리는 이 하루 동안
온 생애를 바쳐 날아올랐던 그 하늘의 높이,
이 무한한 존재계를 마주한 영혼의 갈림길에서
더이상 꿀이 없는 계절의 지상을 거닐고 있다

이 조그만 나라,
겨울이 다가오는 시간을 세고 있는 마음이라는
이 조그만 방에 살면서
우리는 우리의 영혼이 온 근원,
우리의 머리 위에서, 우리의 발끝 아래서
지켜보고 있는 신,
그 하루의 신비를 사는 해바라기가 아닌가

꿈

이 지상의 삶으로부터
가장 높이 날아올랐던 미묘한 자아
자신의 남성과 여성을 저울질하는 상상
그 접촉점의 고뇌
그 꿈을 가능하게 하는 심연 속에서
호흡하는 생명의 떨림
우리의 삶과 그 모든 것의 반향,
메아리와 소리, 느낌이라는 꿈
그 꿈과 함께 하는 신이여
가장 가까운 곳과 가장 아득한 곳을 왕래하는
기적이여

바닷가에서

신의 기척에 열린 귀를 품고 살고부터
나라는 존재는 이 지상에서
아무런 의미를 찾을 길이 없었다
그래서 찾아간 바다도
내 안에서 손짓하던 그 바다가 아니었다

느리게 헤엄치는 해파리 한 마리가
내 얕은 자아처럼 떠올라 있었다

바닷가에 온 사람들은
자기 안의 바다 언저리를 무심결에 배회하고 있었다
태양은 무심결에 빛났고
미지근한 바다의 표면만을 곁눈질했다

한낮의 바닷가에서
내 가느다란 달빛의 영혼은
모든 영혼들이 마주하고 바라보는 바다가 그리웠다
육체 안에서 태양보다 밝은 어둠으로 파도치는
그 바다에 함께 이르고 싶었다

밤이 가장 긴 동짓날

밤이 가장 긴 동짓날 밤
남자와 여자로 나누어진 가슴 사이로
소복이 내려 쌓이는 달빛
팥죽을 나눠 먹던 가족이 그리운 어머니같이
가장 멀리 떠난 자식의
밤하늘에 모여든 별빛같이
한 생애의 눈물이었던 그녀라는
가장 먼 거리
저마다 가슴을 열고
죽음과 시와 음악의 고요한 잔치를 벌이는
겨울의 한가운데.

순수

인간은 질량이 없는 광전자로 생각하고
프라나의 숨결로 느끼며
사랑의 가슴으로 흐르는 영혼이다
찰나와 찰나 사이의 영원을 살고
이 우주에서 가장 빠른 것, 가장 깊고 넓은 것,
그래서 이 우주 전체를 상상하는 예감이다
순백의 눈사람처럼
때 묻지 않은 아이의 영혼은 그토록 가벼워서,
인간이 그토록 갈망하고 두려워하던
신과 마주해도 이웃 아저씨 대하듯
전혀 꺼릴 것 없이 함께 놀 것이다
순수란 방해받지 않은 애초의 과녁이다,
이 과녁 잃은 문명의 중력 안에서.

바다의 근황

신을 생각하는 아가미와 비늘은
영원히 신과 떨어져 사는 물고기의
호흡이자 헤엄이다

그렇게 바닷물 속에서
바다를 찾아 헤매는 물고기

떼를 지어 다니는 수심에 모여
똑같은 운명을 반복하는 그물로 향하네

그 모든 기억의 생채기에서 나는 피

한 생애의 모든 냄새가 스며 있는 바람
그 바람이 부는 이 지상의 벼랑 끝에
죽음이라는, 허공으로 나 있는 한 걸음
이 지상에서 마주친 그 모든 자연과 생명과 거리,
그 모든 기억들도
그 한 걸음의 예감 속에 떨고 있었다
내 안과 밖의 경계에서 들리는 그 모든 소리도
그 한 걸음의 기적을 품고 있다
낡은 하늘은 땅속으로, 새로운 하늘은
영원히 거기 있을 방향으로 도약하듯이
내 안에서 항상 위쪽으로 타오르는
기억이라는 호롱불들,
자신의 쓸모를 다하는 그 날까지
안간힘으로 숨어서 반짝거린다
자신을 발견할 수 있는 유일한 사람의 별들처럼

수족관

바깥에는 겨울비가 내리는데
횟집 수족관 속은 고요하여라
한창 교미에 열중인 게 한 쌍
그곳이 아무도 없는 고요한 심연인 듯
아무런 근심 없이 살아있네
단 한 번도 수족관 밖을 보지 않은
눈을 가지고
계절도 없는 자신만의 우주를 살아가네
바다가 먼 바닷속같이.

가슴 속으로

내 안에 흐르는 생각의 강물,
그 시간을 재는 자는
그 언제 영원의 바다에 다다를 수 있을까
생각과 사념과 느낌이
그 바다의 깊이 속으로 녹아내릴 수 있을까
나는 숨을 헐떡거리는 생각의 한 파도일 뿐
나는 이 바다의 깊이에서
새로운 부레와 아가미로 호흡하고
느끼는 영혼으로 다시 태어나야 하네

우리는 서로 그 깊은 지점을 나누는
사랑의 가슴을 살아야 하네
가장 아름다운 생각보다
가장 아름다운 느낌을 나눠야 하네
그 가슴 속에는 언어가 없고
따뜻한 온기가 있네
그 가슴이 꽃피는 봄날 같은
세상을 늘 그리워했네

장조의 은유법

모두가 죽음을 두려워할 때
죽음을 웃을 수 있는 사람은
모두가 죽음에 무덤덤하면서 살 때
진정으로 죽음을 두려워한다

슬픔에 대하여

모든 이의 아픈 기억이 녹아있는
느낌의 저수지, 우리 안에서
알 수도 없는 슬픔을 살게 하네
그 느낌의 저수지에서
자신의 영혼을 낚고 싶어 하는 한 마리 새처럼
우리 인간은 이 지상에서 둥지를 틀 수 없는 바람이다
우리 인간은 저 너머를 향하여
가장 깊은 둥지를 트는,
과거의 모든 아픈 기억으로부터 날아오르려는
날갯짓이기 때문이다

새벽녘 여명이 터 오르기 직전에
깜빡 조는 샛별처럼
영원한 하늘가에서 찰나처럼 빛나는,
광대한 의식의 바다에서 살아가는 우리
무심결에 신을 찾기 시작한 순간부터
서서히 깊어지고 높아지는 이 모든 존재계의
메아리, 울림 속에서
우리는 가장 깊고 짙은 어둠 같은 기억의 계곡을
거슬러 올라야 하네

그 기나긴 여정을 함께 해야 하네
우리 안에서 하나로 연결된 심금의 줄을 튀기는 물결
처럼

바다의 시

더이상 잃을 게 없는 가슴이
담을 넘는 심정으로 가 닿은 바다

발밑에는 아득한 심연,
일상에서 노상 찾아 헤맨 것 같은
황홀한 수평선

쉼 없이 일어섰다 눕는 겹겹의 파도는
정신의 아가미를 부풀게 하고
해풍은 푸른 하늘빛으로 달려와
내 안구에 부딪혀
영원의 섬광이 흐르게 한다

처음 생명을 잉태한 태곳적 바다로부터
우리는 얼마나 멀리 왔나
지금이야말로 진정한 사랑이 필요한 때.
모두가 외발로 서 있는 우주의 겨울이다

모래 해변에서 엽낭게가
연신 모래를 먹고 있다

참으로 닮고 싶은 탈속의 식성이다
위기에 처한 인류가
제 갈 길을 찾아가도록 기도하듯
노을에 물든 바다가
거대한 양식장 어망 속 같은 세상 너머로 범람한다
그 빛, 죽음보다 깊은 약속이다

4장

순수에 대하여

낮은 곳에 고여 있는 시간의 감정,
살아가기 힘든 늪 같은
기계적이고 무의식적으로 반응하는 지상에서
벌레 한 마리 죽이기 싫은
우리의 영혼,
이 세상의 토질을 갈아엎고 싶은 영혼으로
순진무구한 지상의 양식으로
저 높은 곳이 바라보이는 터전을 일구는
인간 본래의 순수함에 대하여

나무

흐린 날이 계속되자
나무는 성장을 멈추고 메말라가기 시작했다
나무는 살아있는 것도 죽어있는 것도 아닌
잠결에 빠져들었다
나무는 잠결에 자신을 길러온
빛을 향한 염원을 되살렸다
어느 날 새가 날아와서
가지에 앉아 노래를 부르고
나무껍질 속의 벌레들을 잡아먹고
천상을 향한 날갯짓 소리를 내며 놀기 시작하자
나무는 서서히 잠에서 깨어났다
그리고 다시금 흙을 움켜쥔 뿌리로 숨을 쉬기 시작했고
가느다란 수액이 나무꼭대기로 흐르기 시작했다
꼭대기에 몇 개의 잎이 자랐고
나무와 새는 한 몸으로 하늘을 바라보았다

기나긴 겨울밤

구름 걷히고 대기가 열린 밤하늘에
언제나 빛나고 있는 별들

그 별들과 마주했던 순간들이
우리 안에서 사라진 적이 있었던가

낮이건 밤이건 흐린 날이건
언제나 무한한 어둠 속 밝게 깨어있는 별들이

바늘귀로 들리는 바람 소리

온종일 불어대는 돌풍이
그 바람에 흔들리는 내 안에서
흔들리지 않는 나를 깨운다

온종일 창문을 뒤흔드는 돌풍 소리에
그 창문 가에 서 있던
나의 전 생애가 용오름 친다

육체 마음 정신
그것을 하나로 잇는 영혼이라는 실
바늘귀가 하늘만큼 커 보일 때

달 태양 그리고 별들을 품은
그 무한한 공간과 마주치는 순간
잠을 잊고 찰나와 같은 삶을 느낀다

두 겹의 노래

창밖에서 횡하니 부는
겨울 찬바람 소리

사랑의 신이 부는 휘파람 소리 사이에

죽음을 예감하며 맡았던 모과 향기

삶의 한가운데
공중목욕탕에서 맡았던 수증기 냄새 사이에

이 지상의 가장 높은 나무를 흔드는 바람 소리

이 지상의 가장 깊은 심연의 고요 사이에

그 삶과 죽음의 미묘한 간격 사이에

내가 있네

이 우주에서 가장 먼 길을
단숨에 걸을 수 있는 그 간격

내가 없는 하늘 사이에

사랑의 대상 없이 활활 타오르는 영혼이 있네

텅 빈 바람 속으로

원래부터 알고 있었던 듯
바람이 왜 불어오고 불어가는지
알아차린 느낌

매일매일 눈물이 그렁한 눈으로
신을 바라본다
그 속에서 육체가 아닌 나를 발견한다

수많은 바람의 갈피 속에서
예감했던
아름다운 마주침이다

오쇼

사막에서 여기에 온 사람
산정에서 내려와 여기에 온 사람
바닷가에서 여기에 온 사람
숲에서, 밀림에서
여기에 온 사람
도시에서 여기에 온 사람
단 한 사람이 되기 위해 모여든 사람들
지상에서 가장 우뚝 솟은 나무 아래 모였네
그 나무의 향기로만 치유할 수 있는
이 땅 이 지구
새로운 인간의 삶을 위하여
인고의 세월 동안
이 지상의 생명, 인간들의 지축이 밀어 올린
가장 높은 봉우리

하늘을 헤엄치는 새

위와 아래의 경계가 없는
끝없는 수평선처럼
깊은 바닷속은 가장 무거운 물
파도는 가장 가벼운 물
이 지상에 부는 바람은
그보다 더 미묘한 물
하늘을 나는 새를 볼 때마다
새가 공중을 나는 것이 아니라
새라는 가장 가벼운 물고기가
하늘이라는 물속을 헤엄치는 것이라고 느꼈다

인간은 태양과 달, 별을 마주하고
그 미묘한 물 위를 거닐며 살아가는
전체 바다의 물고기라고 느꼈다
그것은 인간이라는 육체였고
그 육체와 더불어 사랑이라는 가슴을 살아가는
이 지상의 인간을 사랑했다

이 바닷속에서 중심 없이
부표처럼 흔들리며 살아가는 지상의 인간들

서로를 밀쳐내며 홀로 떠 있는 섬들을 만난다
그 사이로 가장 깊은 해저에서 건져 올린
침묵의 언어가 흐르고
그 가슴을 살아가는 깊은 지상의 삶을 꿈꾸었다

말벌

산꼭대기에 이르러 나는 윗옷을 벗고
흰색 러닝셔츠 바람으로 앉았다
산 아래 도시를 굽어보며 바람을 쐬고 있는데
커다란 말벌 한 마리가 내 러닝셔츠 안으로 들어왔다
들어와서 내 살갗을 훑으며 돌아다녔다
나는 숨을 참고 미동도 없이 떨고 있었다
이윽고 말벌이 셔츠 밖으로 기어 나와 날아가자
나는 불현듯 정각(正覺)에 대해서 생각했다

어느 날 산길 막바지 으슥한 숲에서
말벌을 다시 만났다 그놈은 자신의 영역을 지키기 위해
나에게 필사적으로 달려들었다 한치의 두려움도 없는
정교한 공격이었다 나는 마침 들고 다니던 나무 작대기를
휘둘렀다 서로 생사를 건 혈투가 한참이나 진행되었다
마침내 내가 휘두른 나무 작대기에 아슬아슬하게
맞을 뻔한 말벌이 공격을 중단하고 퇴각하였다
나는 잠시 중세 기사처럼 승리감에 도취 되었다

산꼭대기 능선 아래 인적 없는 팔각정은
가끔 들르는 나만의 쉼터였다

그런데 거기서 담배만 피우면 어김없이
말벌이 날아들었다 산불 예방 지킴이라도 된다는 듯이
아주 멀리서 담배 연기 냄새를 맡고 나타나
눈앞에 정지비행을 하면서 나를 노려보았다
그놈은 이 숲의 원주민인 듯했고
나는 이방인 같다는 느낌이 들어
다소곳이 담뱃불을 끄곤 하였다

인생 0장

정신의 직립과 독립은 멀고
사람들이 힘없이 흐느적거리기만 한다
다시 긴장해야 한다
사회와 개인 사이에서
삶과 죽음 사이에서
좀비 같은 행위와 광휘의 춤 사이에서
타오르는 불을 따라 걸어야 한다

영혼의 불,
진리의 불

밤하늘 별자리도 안 보이는 이 우주 시대에
다시 긴장해야 한다
이 광막한 세상살이에서
모두가 조금씩 혹은 많이 틀렸다는 걸

세상이라는 이 어리석은 번개를 맞고
누군가 진정으로 깨닫기를 염원하자

풀잎 이슬 2

풀잎 위에 누워있는 이슬방울
영원히 지속될 한가로운 낮잠 같네

안타까워라,
햇볕에 말라가면서도 꾸고 있는
풀숲의 꿈

지상을 위하여

붉은 노을이 물든 대평원
코끼리 떼가 느리게 걸어가고 있다
우리가 온 곳으로
영원히 사라지듯

아득히 펼쳐진 그 지평선
영원히 이 땅에 남아있기를

늙어짐이란 무엇인가

죽음을 준비하는 나이

내 안의 아이와 젊은이와 노인이
한데 어우러져 살아가는 나이

더 높이,
더 깊이
사라짐을 향해 나아가는 나이

내 안에
썰물과 밀물이 만나는

미스테리 서클

나는 내 몸과 마음 안에 있는
전기의 차원과 싸우고 있었다
손가락이 닿는 곳마다 정전기가 일었고
전신주나 전깃줄이나
수만 볼트의 전류가 흐르는 송전탑으로 뒤덮인
이 지상의 거미줄에 사로잡혀 숨이 멎는 듯했다
억겁의 시간 동안 하늘과 구름과 폭포,
산과 시냇물과 바다와 벗하던 자연과의 삶이,
송두리째 이토록 짧은 과학 문명 안에
가두어진 느낌이었다

간밤에 내 안의 소우주가,
밤하늘 별들과 이 지상의 암흑으로 충돌하며
폭발했던 내 영혼이,
뒷산 송전탑이 휘청 쓰러지는 비전을 보았고
그리고 나는 잠이 들었다

다음날 뒷산 송전탑을 지지하고 있던 땅 밑에
사람 키만 한 깊은 웅덩이가 패어 있었고
빗물이 고여 있었다

내가 본 비전과 송전탑 사이에 일어난 일을
나는 모른다
간밤에 비가 왜 내렸는지도.

어머니 앞으로

새들은 왜 지저귀는가

어머니는 어디 계신가

어머니 앞으로, 어머니 앞으로
어머니는 어디 계신가

지나가지, 지나가지
어머니 곁으로 지나가지

어머니를 알아보지 못하고
어머니 곁을 지나가지

나를 낳아주신 어머니,
내 안에서 또 다른 자궁이 되었네

어머니 앞으로, 어머니 앞으로
심연 같은 자궁 속에서 다시 태어나기 위해

새들은 왜 지저귀는가

결국에는 아무것도 남지 않는다

그것이 아니라,
이 우주의 끝은
이 형상계라고 하는 그 모든 물질이
다 깨달아지는 것 같다.

꿈 지나가도록

꿈, 꿈, 꿈
꿈이 다 지나가도록

음식, 술, 담배, 연애, 영화
그리고 끝말잇기 같은 대화들,
그 모든 것을 반복하고 있는 너는
네가 누군지 모르지?

그 모든 것을 다 알고 있는 너는
네가 누구인지 모르지?

바보와 천재 사이에서
그 둘 다를 알고 있는 너는
네가 누구인지 모르지?

꿈, 꿈, 꿈
꿈이 다 지나가도록

티브이 털어봐라, 라디오 털어봐라,
휴대폰 껐다가 켜 놓아라,

보고 듣고 만지작거리는 너는
네가 누구인지 모르지?

침묵이 낳은, 미국이 낳은,
대한민국이 낳은,
그 모든 것이 낳은 너는
네가 누구인지 모르지?

결국에는 아무것도 남지 않는다, 라는
결론을 내리는 너는
네가 누구인지 아직 모르지?

꿈, 꿈, 꿈
꿈이 다 지나가도록

자전과 공전 그리고 낮과 밤

자전

신이
허리를 돌려
홀라후프를 한다

공전

이것이 저것 보고
저것이 이것 보고
help me, help me! 한다

낮

세상의 모든 얼굴들이
내 얼굴이 왜 이러니? 한다

밤

당신 앞에서

이러기가 힘듭니다

새벽

먼동이 트기 전
쓰레기차 지나가는 소리

배꼽 웃음

이 우주에서 가장 큰 농담은
바로 나라고 하는 바로 이 자다

신이 세상에 대하여
어이가 없어 머리를 긁적이니
우박과 천둥이라는 비듬이 떨어지더라

신이 메마른 지상을 위하여
비를 뿌리고
무수히 많은 신들이 우산을 받쳐 들고 거리를 걸어간다

신은 이미 과거의 어느 시점에 완성된 고형체가 아니라
영원한 진행 과정이다

담배를 권하지 말고
담배를 피울만한 핑계를 구하지도 말라
그대 안에 있는 신이
담배 연기에 취하게 하지 말라

기분도 그렇고 하니
손가락 담배나 빨아보세

우리 모두 신의 거처로부터
그 언제 적에 가출했는지 기억이나 더듬어보세

신의 입장에서 보자면,
자신을 알아보지 못하는 인간들이 기적처럼 보인다

이 우주 천체의 운행은
신의 박티 요가다

거의 모든 인간은 시간이라는 철봉에 거꾸로 매달려
우주를 생각하는 자다

이 우주에서 가장 큰 농담 중의 하나는
인간이 연거푸 마음이라는 신트림을 하는 것이다
그것이 신이 끊지 못하고 있는 제일 독한 담배다

그래서 신은 없는 것이다

신을 부르는 기도가 끝난 뒤 부르게 될 노래,
우리 집에 왜 왔니, 왜 왔니

뒤돌아보기

나는 자주 뒤돌아본다
나의 정면은 그곳에 있다

아슬아슬하다

인생은
거미를 깨우지 않고 거미줄 건너기,

그리고 우리는 너무 오래 살았다
우리 마음의 나이테 같은 거미줄에 사로잡혀
깜박깜박 졸고 있다

훗날에 우리도 쓸쓸히 죽으리라

숟가락 수저만큼 정든 물건도 없듯이
끝내 잊지 못한 얼굴들이 우리의 소매를 붙잡으리

훗날이 그리 먼 훗날은 아니리라

전쟁터, 안개 자욱한 곳, 춥고 배고픈 곳,
맹수나 차량이 덮치는 곳,
가파른 벼랑이나 격랑이 이는 바다,
그런 곳에 다시 태어나지 않으리란 보장이 없으리라

괴롭다, 죽겠다, 미치겠다!
그러한 감정의 폭발에 또다시 직면하리라

누구에게나 그런 훗날이 꼭 오리라

허리띠를 졸라매야 된다

한평생 채식을 위한 식당을 찾아 헤매었다
그것은 이 문명의 미로와 같았다

이 지구, 인류 그리고 개인을 위해서
육식의 종말이 오기를 바라는 마음뿐

육식에는 몸과 마음, 영혼에 해로운
다량의 독성물질이 함유되어 있다고 한다

이 어두운 음식체의 거리가
향기로운 과수원길만 같았으면.

마음 한 켤레 벗어두고 깜빡 조는 샛별처럼

초판 1쇄 인쇄	2023년 2월 25일
초판 1쇄 발행	2023년 3월 13일

지은이	주종환

펴낸이	이장우
편집	송세아 안소라
디자인	theambitious factory
마케팅	시절인연
제작	김소은
관리	김한다 한주연
인쇄	금비PNP

펴낸곳	도서출판 꿈공장플러스
출판등록	제 406-2017-000160호
주소	서울시 성북구 보국문로 16가길 43-20 꿈공장 1층

이메일	ceo@dreambooks.kr
홈페이지	www.dreambooks.kr
인스타그램	@dreambooks.ceo

전화번호	02-6012-2734
팩스	031-624-4527

ISBN	979-11-92134-38-3
정가	11,500원